KB097105

너도 하니? 맨발걷기!

너도 하니? 맨발걷기!

발행	2023년 1월 9일
지은이	대구복현초등학교
엮은이	이정안, 최순나
펴낸이	한건희
펴낸곳	주식회사 부크크
등록	2014.07.15 (제2014-16호)
주소	서울특별시 금천구 가산디지털1로 119 SK트윈타워 A동 305호
전화	1670-8316
이메일	info@bookk.co.kr
홈페이지	www.bookk.co.kr
ISBN	979-11-410-1079-9

ⓒ 대구복현초등학교, 이정안, 최순나 2023

본 책은 저작자의 지적 재산으로서 무단 전재와 복제를 금합니다.

대구복현초등학교

너도 하니?
맨발걷기!

너도 하니? 맨발걷기!

　학교 특색사업으로 맨발걷기 교육을 시작하면서 매일이 행복했습니다. 무지갯빛 티셔츠를 입고 운동장을 맨발로 누비는 아이들을 보면 더욱 행복했습니다.

　아이들이 햇살을 받으며 맨발걷기를 하는 모습은 코로나19로 약해진 체력과 면역력을 길렀고 뇌를 유연하게 만드는데도 크게 도움이 되었습니다.

　맨발걷기는 복현초의 아이들을 더욱 밝고 아름답게 만들어 주었고, 함께 키운 학교의 나무와 새들, 화단의 꽃들과 텃밭에서 자라는 채소들. 연못의 물고기도 덩달아 아름답게 자라났습니다.

운동장에서 자신의 건강을 돌보았고, 친구들과 어울리는 방법을 익혔으며 운동장 곳곳에 숨어 있는 시를 찾아 나섰습니다.

운동장의 느티나무 잎들이 노랗게 물들었습니다. 맨발로 만난 세상을 한 줄 한 줄 표현한 아이들의 마음도 가을처럼 노랗게 빨갛게 물듭니다. 1학년에서 6학년까지, 생각이 깊어지고 넓어지는 것이 보입니다. 한 편 한 편 아이들의 아름다운 모습이 담겨있습니다. 소중한 흙의 가치를 알고 맨발로 자연을 만나는 아이들의 생활 모습이 이 책을 통해 널리 알려지면 좋겠습니다.

아이들의 마음이 담긴 시들로 책을 엮을 수 있어 기쁩니다.

"너도 하니? 맨발걷기!"
이 시집이 복현초의 또 다른 자랑이 될 거라 여겨집니다.

2023년 1월 1일
대구복현초등학교 교장 이정안

글쓴이

〈4학년〉 p. 97

곽유찬　권기덕　김리혜　김민정　김예인　김지원　김채윤　김황음
나현서　박수정　박연서　박재현　박재휘　박재희　박정원　박제인
박준호　백민서　서민수　서소희　서수진　송민서　신민규　신솔민
안정미　윤하영　이승주　이예지　이인우　이주현　이차빈　이혜진
임수빈　장은영　정윤지　조민근　조연우　주아인　한도현　황은서

〈5학년〉 p. 131

김규리　김　산　김영은　김재준　김현태　박나연　박도현　박민아
박채연　송영아　원성하　윤서희　윤시현　이동유　이보영　이주호
이혜원　임소담　장도희　장유훈　장은혜　채범수　채범태　추연찬

〈6학년〉 p. 157

권아인　김기범　김동호　김민성　김수진　김진선　김창엽　김채빈
김태양　남민혁　노윤재　문연우　박선우　박수빈　박정인　박태연
방가윤　배동윤　서지민　서지민　서효주　석채은　양다원　원강현
원강현　윤서진　윤서현　윤재성　이민혜　이소연　이지현　임은상
장민슬　장서영　장형근　전다현　천수민　전윤후　정온유　조하음
조희윤　한채이

그린이

⟨1학년⟩

김가현　김지아　성도윤　신범진　이선우　장은유　정서영　하지환

⟨2학년⟩

곽유은　김다은　김세연　김지윤　김하린　김하윤　류보미　배은찬
손다올　손은설　오혜빈　이현민　정아람　조성윤　조수빈　조예준
최은종

⟨3학년⟩

강루하　권준우　김가온　김나현　김라원　김보라　김소현　김지윤
김하윤　문세아　박신성　박태연　사지윤　설　준　송지후　신형진
유아민　유지은　윤예서　이윤서　이주형　이하은　임주원　장민지
장아연　전아연　정유단　최서우　최시원　최연아　하정훈　황지원

⟨4학년⟩

서소희　안효주　임수빈　정윤지　정재헌

⟨5학년⟩

강민채　김가은　김규리　김나윤　김나현　김민서　박나연　박소연
박소윤　박준혁　박채연　배서연　배서영　배예슬　서준혁　윤시현
이다연　이서현　이승연　이지원　이혜원　임소담　장은혜　장호연
전민정　정다인　하주희

⟨6학년⟩

김수진　김채빈　남민혁　노윤재　박수빈　박태연　손예빈　이민혜
전윤후　조하음　황수현

맨발걷기

재미있다

그림_ 김가현

맨발걷기

_1학년 1반 김재욱

친구들이
땀을
뻘뻘

바람은
훨훨

친구도
나도
깔깔

맨발걷기

_1학년 1반 박은서

맨발로
걸으면
내 발이
따끔따끔

나뭇가지를
밟으면
나도 모르게
아야

맨발걷기

_1학년 1반 송호준

맨발걷기를 하면
느낌이 바삭바삭

맨발걷기를 하면
느낌이 따끔따끔

그래도
맨발걷기는
정말 재밌어

그림_ 신범진

맨발걷기

_1학년 1반 이건희

맨발로
땅을 걸으면

까칠까칠
그리고 까끌까끌

말랑한 것도 있고
딱딱한 것도 있고

맨발걷기는 참 재밌어

재밌는 맨발걷기

_1학년 2반 박지민

재밌는 맨발걷기

몸도 튼튼
마음도 튼튼

우리 가족 모두 모두 튼튼
개미도 맨발걷기하면 튼튼

나도 너도 맨발걷기

_1학년 2반 김기윤

내가 맨발이면
너도 맨발

맨발을 하면
발이 따갑지만
맨발걷기는 재미있어

즐거운 맨발걷기

_1학년 2반 이율희

맨발걷기를 할 때는
까칠까칠
맨발로 놀이터에서 놀면
따끔따끔

한 발 땅을 밟으면
즐거움이 더해진다

맨발걷기

_1학년 2반 이예은

비 온 날
모래는 진흙처럼 부들부들
운동장은 구름처럼 몽실몽실
맨발로 걸으며
건강해져요

튼튼 맨발걷기

_1학년 2반 김범준

맨발걷기를 하면
몸이 튼!튼!해진다
맨발걷기를 하면
행복이 튼!!튼!! 찾아온다

우리 맨발걷기

_1학년 2반 박민수

맨발걷기는
혼자하면 심심하다
우리 모두 같이하면
너무 재미있다

깔깔깔
웃으며 맨발걷기
우리 모두 깔깔

그림_ 이선우

맨발 놀이

_1학년 3반 이예성

맨발로 모래를 밟으면
사박사박 소리가 들려요.
너도 나도 사박사박
기분이 좋아져요.

맨발로 뛰면
발이 따끔따끔해요.
너도 나도 따끔따끔
신나는 맨발걷기

맨발걷기

_1학년 3반 김연진

맨발걷기를 하면
발이 따가워요.
맨발걷기를 하면
기분이 좋아져요
맨발걷기를 할 때
사각사각 소리가 나요.
맨발걷기를 하면
똑똑해 진대요.
우리 같이 맨발걷기를 해요.

시원한 맨발걷기

_1학년 3반 김이룸

소나기가 주룩주룩 내린다.
소나기가 그치자마자
밖으로 나가서
맨발걷기를 해요.
발이 물웅덩이에 빠져 풍덩
발이 시원해요.
소나기가 온 후
더 좋은 맨발걷기

따끔따끔 맨발걷기

_1학년 3반 조하윤

모래를 밟으면 따끔따끔
걷다보면 뜨끈뜨끈
놀이터에서 놀다보면
맨발걷기 신나신나

맨발로 촉감놀이

_1학년 4반 이건후

맨발걷기 나간다

그늘진 곳은 오돌토돌
다른 곳은 폭신폭신
비오는 날은 물기가 많아서
더 폭신폭신

맨발로 촉감놀이

모래촉감도 참 다양하다

맨발걷기 사계절

_1학년 4반 김성현

맨발걷기를 하면 뜨겁고 춥다

봄에 하면 딱 좋고
여름에 하면 덥다.
가을에 하면 조금 춥고
겨울에 하면 손이 시리고
조금 더 춥다.

맨발걷기는
사계절 놀이다

맨발 버스놀이

_1학년 4반 박시윤

맨발로 버스 놀이한다.

안내원과 버스기사 한다고
너도 나도 달려든다.

모두 모두
선생님과 가위바위보

와!
내가 안내원이다!
신난다.

버스놀이 참 재미있다.

그림_ 하지환

맨발걷기 재밌다

_1학년 4반 김민준

맨발걷기 재밌다.
친구와 같이 걸으면
너도나도 재밌다.

맨발걷기 재밌다.
놀이터에서 친구들과 놀면
우리 모두 재밌다.

시원시원 바람 쐬며
개미 따라 다니며
달리기도 하면서
맨발걷기 재밌다.

형님들 안녕

_1학년 4반 김지안

맨발걷기를 하러 가면
우리보다 큰 형님들이 보여

달리기 하는 형님들
선생님 따라가는 형님들

우리 학교 형님들
참 멋져

나는 언제쯤 형님처럼 될까
궁금하다

맨발걷기

_1학년 5반 장옥현

맨발로
흙을 느껴봐.

달리기도 하고
걷기도 해봐.

모두
발로 느끼는 거야.

그렇게 모래와 흙을
계속 느껴봐.

맨발걷기

_1학년 5반 윤지유

재미있는
맨발걷기.

발이
모래에 닿을 때는

마사지가
쫙!

피로가
로켓 타고 슝!

맨발걷기

_1학년 5반 정서영

따끔따끔.
바스락바스락.

햇빛이 쨍쨍할 때
선생님 종종종 따라가
신발을 벗고
따끔한 모래에 들어가면
조금조금씩 걸어서 가다보면

촉촉한
모래가 되는

맨발걷기.

맨발걷기

_1학년 6반 문수연

땅~ 맨발걷기 시간
나는 맨발걷기가 가장 좋다.
맨발걷기 할 때 소리가 좋다.
윙윙, 위~잉~
깜깜, 까르르~
다다다, 다닥다닥

맨발걷기

_1학년 6반 방지수

맨발로 걸으면
발이 간질간질
내 발도 친구 발도
간질간질
아이 간지러워!

그림_ 김지아

사계절 맨발걷기

_1학년 6반 이지호

봄에 맨발걷기 할 때
발이 따뜻따뜻
여름에 맨발걷기 할 때
발이 따끔따끔
가을에 맨발걷기 할 때
발이 바삭바삭
겨울에 맨발걷기 할 때
발이 오들오들

맨발걷기

_1학년 6반 김채윤

내 발이 따끔따끔
걸을 때 마다 따끔따끔
하늘은 쨍쨍
모래는 까끌까끌
내 발가락이 까르르
내 발이 다다다다

즐거운 맨발걷기

_1학년 7반 김수민

모래는 따끔따끔
바람은 살랑살랑

구름도 재미있는지
까르르깔깔

곤충들도 모두 나와
맨발걷기 하자

오른발 왼발 발을 맞춰
하나 둘 하나 둘

재미있다, 재미있다
맨발걷기

선생님이랑 친구들이랑
맨발걷기 재미있다

그림_ 성도윤

맨발걷기 놀이터

_1학년 7반 민수현

바람이
살랑살랑

구름이
뭉게뭉게

비행기가
날아가는 하늘

맨발에 부드러운
모래가 사르르

빨간 티셔츠를 입고
맨발걷기 하는
우리 반 친구들

맨발걷기를 하다가

_1학년 7반 박지민

맨발걷기를 하다가
가을하늘을 바라본다.

가을하늘을 바라보면
잠자리와 벌이 보인다.

잠자리는 어디를 가는 걸까?
벌은 누구랑 같이 노는 걸까?

함께 맨발걷기를
하면 어떨까?

그림_ 장은유

따끔따끔 맨발걷기

_1학년 7반 강무성

따끔한 모래
따끔한 돌

모래를
맨발로 밟으면 따끔

돌을
맨발로 밟으면 따끔

맨발걷기 하는 내 발도
따끔따끔

맨발걷기

_1학년 8반 윤예빈

안녕? 모래야
오늘도 모래를 만났다

발이 터벅 터벅
발이 간질 간질

신발을 신어도 괜찮아
신발을 벗어도 좋아

맨발걷기가 최고야!

맨발걷기

_1학년 8반 정보서

맨발걷기를 할 때
발가락을 꼼질꼼질

모래성을 만드는 것처럼
발가락이 간질간질

모래 위를 걷는 것처럼
꼼질꼼질 간질간질

그림_ 정서영

맨발걷기

_1학년 8반 이수연

비둘기야 이리와
우리랑 같이 놀자

참새야
너도 우리랑 같이 놀자

발가락에
모래가 가득가득
돌이 가득가득

맨발걷기

_1학년 8반 정동인

맨발은
모래를 밟으면 따갑다

내 발은 꼼질꼼질
뛰면 시원하다
친구랑 뛰면 더 시원하다

즐거운 맨발걷기

그림_ 조예준

진흙에 맨발걷기

_2학년 1반 이다현

오늘은
비가 주룩주룩 오는 날

오늘은 맨발걷기
꼭! 해야지

우와~
모래가 부드러워

비 오는 날에는
딱딱한 모래가
이렇게 부드럽게
변하는구나

그림_ 오혜빈

점프해라 줄넘기

_2학년 1반 이인성

맨발걷기를 할 때
줄넘기를 했어

뛸 때마다
발이 따끔따끔

그래도 꾸욱 참고
뛰고 또 뛰고

마지막
X자 모양 줄넘기를 할 때
발이 차마 못 뛴다

줄넘기야 왜 말썽을 부리니

우리 모두 찰칵

_2학년 1반 정가은

맨발 달리기 할 때
나는 영차영차
열심히 쌩쌩 달린다

그러면 선생님은
"애들아, 사진 찍자."
사진을 찰칵!

나는 멈춰서
활짝!

애들아,
우리 같이 찍자
우리 모두 같이 찰칵!

맨발걷기

_2학년 1반 정아영

맨발걷기 하기 참 좋은
복현 운동장

발이 따끔따끔
그래도 건강해지는 기분

선생님께서
"교실에 돌아가자." 하면

어느새 내 마음은
눈물바다가 되고
내 발도 우리 학교 운동장도
울면서 인사하네

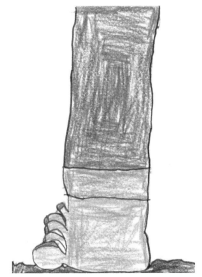

그림_ 최은종

황금 색깔 발

_2학년 2반 정서영

따끔따끔
맨발걷기를 하다
내 발을 보면
어느새 반짝반짝
황금 발이 되어 있다.

아빠 발가락은, 임금님
엄마 발가락은, 여왕님
오빠 발가락은, 첫째 왕자님
누나 발가락은, 공주님
애기 발가락은, 막내 왕자님

맨발걷기를 하다 보면
어느새
내 발가락들은
멋지게 변해있다.

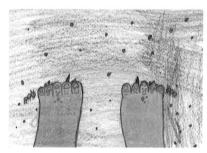

그림_ 김세연

내 발가락은 지렁이

_2학년 2반 곽유은

맨발걷기를 할 때
발가락 사이에
모래가 들어간다.
꿈틀 꿈틀
"아이 간지러워"

발가락이 꿈틀 꿈틀 따끔
움직이는게
유연한 지렁이 같다.

내 발가락은 지렁이

겨울 맨발걷기

_2학년 2반 이제니

겨울에 발가락들이
차가운 공기를 마시며
탓타닷닷
아이야
따가워

내 몸이 건강해지고 있을까?
"내 몸아 빨리 건강해져라"

아이고 내 몸도 얼겠네
그만 들어가야지

맨발 아이들

_2학년 2반 손정우

맨발걷기를 하는 날이 되면
학교가 시끌벅쩍
밖에는 쿵 쿵 쿵 발소리

힘도 세지

이러다가 우리 학교
부서질 것 같지만
그래도 끊을 수 없어

우리는 맨발 아이들이니까

그림_ 조수빈

심통난 모래

_2학년 3반 김지윤

맨발걷기 할 때마다

모래는 심통이 나서 따끔따끔
모래는 화가 나서 콕콕
모래는 신나서 간질간질

아주 작은 모래는 장난을 친다.
나도 장난을 친다.

비 오는 날

_2학년 3반 김하린

비가 온다.
아이들은 운동장으로 달려간다.

'느낌이 좋아.'
'초콜릿 같아.'

발바닥은 초콜릿이 된다.
아이들은 신나게 집으로 간다.

발가락

_2학년 3반 김세연

아빠 발가락은
"폭신폭신 아이구 좋아라."

엄마 발가락은
"아! 따가워!"

오빠 발가락은
"아야! 이건 돌이야? 뭐지?"

언니 발가락은
"아우, 간지러워."

아기 발가락은
개미와 재미있게 놀고 있어요.

느낌

_2학년 3반 조예준

해가 쨍쨍한 날 맨발걷기는
간질간질한 느낌

비가 오는 날 맨발걷기는
질퍽질퍽한 느낌

바람이 부는 날 맨발걷기는
발가락 사이로 휘이잉휘이잉

추운 날 맨발걷기는
발가락도 약간 춥다

그림_ 김지윤

괜찮아

_2학년 4반 박채린

맨발걷기
내가 좋아하는 놀이지
조금 따끔따끔
아야!
그래도 재미있지
가시가 많아도 괜찮아
재미있게 놀면 돼

맨발걷기

_2학년 4반 김도윤

맨발걷기를 할 때는
발이 따끔따끔

맨발걷기를 할 때는
친구들이 아프다고 한다.

아프지만 재미있는
맨발걷기

머리가 좋아지는 맨발걷기

_2학년 4반 권규빈

이번 1교시는 맨발걷기
머리가 좋아지는 맨발걷기
따끔따끔 맨발걷기

따끔따끔 아프지만
살짝살짝 걸어가는 맨발걷기

내일도 맨발걷기 했으면
모레도 맨발걷기 했으면

그림_ 손은설

재미있는 맨발걷기

_2학년 4반 이해림

오늘 맨발걷기를 하러 간다.
맨발로 걸을 때는
따끔따끔

달리기를 할 때는
욱신욱신

놀이터에서 놀 때는
안 아프다!

신기하게도
놀이터에서 놀 때는
안 아프다!

그림_ 김다은

꽃 한송이

_2학년 5반 김지유

반짝이는 들판에 예쁜 코스모스
반짝반짝 코스모스
한 잎 한 잎 떨어지는 걸 보면 눈앞에 눈이 내리는 것 같네

씨앗에 물을 주면 새싹이 되고
새싹에 물을 주면 줄기가 되고
줄기에 물을 주면 꽃망울이 되고
꽃망울에 물을 주면 예쁜 꽃이 되지
난 예쁜 꽃이 좋아

그림_ 김하윤

재미있는 자전거

_2학년 5반 서윤건

재미있는 자전거
슝슝 달리는 자전거

어! 어! 돌에 걸려
넘어졌네

으앙으앙
너무 아파

그래도 버틸만 하네

그림_ 정아람

네모난 지우개

_2학년 5반 정효민

쓱쓱 지워지는 네모난 지우개
싹싹 힘을 쓰는 네모난 지우개

점점 작아지는 네모난 지우개
점점 검어지는 네모난 지우개

점점 금이 가는 네모난 지우개
그러다 동글해진 지우개가 됐네

달팽이

_2학년 5반 박서준

달팽이야!
너는 왜 이렇게 느리니?

달팽이야!
너는 왜 집을 등에 얹고 가니?

동그란 집을 등에 얹고 느릿느릿 가니 참 힘들겠구나!

운동

_2학년 5반 서채미

엄마 가요 가요 운동가요
하지만 엄마는 안 간대요

아빠 가요 가요 운동가요
하지만 아빠는 안 간대요

오늘 꼭 운동
가고 싶었는데.....

다음에는 꼭 가고 싶다

그림_ 조성윤

재미있는 피구

_2학년 5반 김예은

푸른 하늘 아래 2학년
친구들이 피구를 하고 있네

맞힐 수 있었는데
아깝다, 아깝다 하면서
하하, 호호 웃으며
재미있게 피구해요

나한테 피구는
친구와 함께해서
재미있는 놀이

놀이터

_2학년 5반 김은찬

놀이터에 철봉은
올라가도 오래 버티지 못하지
왜 그런지는 나도 몰라
자꾸 주르륵 주르륵
떨어져 아쉽지
그런데 잘하는 친구들 부러워!
나도 팔에 힘을 길러 오래 버텨야지

카약

_2학년 5반 문효주

아침부터 들려오는 내 마음속 말
밥 먹을 때도 들려오네
"아빠, 엄마 카약 타러 가요."

"조금만 기다려."

아침부터 들려오는 내 마음속 말
티비 볼 때도 들려오네
"아빠, 엄마 카약 타러 가요."

"엄마, 아빠 심심해요."

"뭐할까?"
"오! 예!"
"카약 타러 가요."

그림_ 곽유은

행복 걷기

_2학년 6반 박서하

친구들과 손을 잡고
차가운 모래 위를 걷는다

한 걸음
두 걸음

"따가워! 따가워!"
발은 따갑다고 소리치는데

"하하 호호"
우리 얼굴엔 웃음꽃이 핀다.

그림_ 김하린

맨발걷기

_2학년 6반 김동우

한발 한발
맨발로 모래 위를 걸었다.

시원하고 차갑고
처음에는 살금살금
나중에는 성큼성큼

한 바퀴 두 바퀴
친구들과 걷다 보면
발은 따가운데 얼굴은 스마일

행복한 시간

_2학년 6반 류현동

내 발이 소리친다.
"간지러워! 간지러워!"

모래가 소리친다.
"무거워! 무거워!"

모래야, 미안해
함께 행복한 시간 보내자.

맨발걷기

_2학년 7반 이정현

비 오는 날은
초코탕이 말랑말랑
발가락은 꼼질꼼질

물웅덩이 속에서
발가락과 모래알이
헤엄친다.

발가락과 모래알이
서로 만나
하하하
호호호

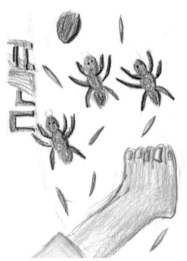

그림_ 배은찬

맨발 웃음꽃

_2학년 7반 김하윤

봄에는 벚꽃이 활짝
운동장엔 웃음꽃이
날린다.

여름에는 빗방울 소리 가득
운동장엔 맨발 소리 가득
모래알 웃음꽃들이
재잘재잘

가을에는 은행잎이 랄라
운동장엔 파란 하늘이 룰루
맨발 웃음꽃이
가득하다.

그림_ 류보미

폭신폭신 맨발걷기

_2학년 7반 배은찬

모래알이 반짝반짝
폭신폭신한 모래 밟는 발
참 재미있다.

비 오는 날에는
물웅덩이에서 첨벙첨벙
갯벌 속에서 쏙쏙
발가락 10개
넘 재미있다.

학교 운동장에는
언제나 하하 호호
신이 난다.
재미있는 맨발걷기

그림_ 이현민

발가락 그림자

_2학년 7반 박가빈

톡톡톡 모래 소리
모래알은 매일매일
내 발가락 속으로
들어간다.

맨발과 매일 매일
만나는 운동장
즐겁다.

톡톡톡 모래 소리
그림자도 즐겁다고
내 발가락 속으로
따라온다.

그림_ 손다율

그림_ 전아연

맨발 걷기

_3학년 1반 정다경

띵동 댕동 띵동 댕동
단짝 친구와 함께 손을 잡고
한 걸음, 두 걸음, 세 걸음…

단짝 친구와 함께 손을 잡고
한 바퀴, 두 바퀴, 세 바퀴…

나의 맨발걷기 소리는 점점
타박 타박 타박 타박…

띵동 댕동 띵동 댕동
나의 발바닥은
모래알로 덕지덕지

그림_ 사지윤

_3학년 1반 구하윤

맨발걷기 하러 나가면
산수유 나무가 흔들 반겨주고
개미들이 마중나온다.

맨발걷기 하면,
돌맹이가 안녕,
가을 바람이 살랑 인사한다.

맨발걷기가 끝나면,
푸른 가을 하늘이
오늘도 수고했어.

_3학년 1반 김유찬

맨발걷기 참 재미있다.

사각사각 나도 맨발걷기
탁탁탁 개미도 맨발걷기
휘이잉 바람도 맨발걷기
쨍쨍~ 해님도 맨발걷기
모두 맨발걷기한다.

맨발걷기 참 재미있다.

맨발 걷기

_3학년 1반 김소현

띵동댕동 종소리에
다다다 다다다다
운동장으로 뛰어간다

발바닥이 따끔따끔
어제 비가 와서
물웅덩이에 들어가면
더위가 싹 날아간다

띵동댕동 또 종 치는 소리
아이들은
다다다 다다다다
교실로 들어간다.

그림_ 권준우

8자 놀이

_3학년 1반 이동운

8자를 돌아라
강을 건너라
술래를 피해라

술래가 되면
강을 건너지 마라
친구들을 잡아라

8번 해도 안 지겨운 게
8자 놀이다.

맨발 걷기

_3학년 1반 김도환

뚜벅뚜벅
걷고 걸어라
걷고 걸으면
건강에 좋다

달리고 달려라
쾌감을 느껴라
폴짝폴짝
몸이 가벼워진다.

맨발 걷기의 매력

_3학년 1반 윤지안

운동장에서 친구들과 걷다 보면
평소에는 보이지 않는 것들이 보여요.
이제 막 고개 내민 어린 새싹,
높고 높은 하늘과
부끄럼쟁이 빨간 단풍들이 보여요.

친구들과 하하호호 수다 떨고
놀이터에서 놀다 보면
시간은 어느새 휘리릭 지나 있어요.

나는 맨발걷기의 매력에 푹 빠졌어요
오늘도 나는 운동장에 나가요.
오늘도 나는 맨발걷기의 새로운 매력에
퐁당 빠져볼 거예요.

그림_ 유지은

구름

_3학년 1반 서지원

구름을 잡고 싶다
구름을 잡으면 위로 뜰까?
비행기를 타고 가서
구름을 잡을까?

미래에
제트팩을 타고 갈까?
도저히 모르겠는
구름잡기

개미

_3학년 1반 원민준

개미들이 줄지어 가는 모습이
기차 같네 칙칙폭폭!
개미 기차가 시작하면
작은 찌꺼기 손님이
개미 등에 탄다.
개미 기차는 바퀴 대신 다리로 간다.
항상 목적지는 개미굴
개미 기차는
매일매일 운영한다.

맨발걷기

_3학년 2반 정지헌

맨발걷기를 하면
온몸에 전기가 들어온다
내 발바닥에 오고 싶은
작은 전기들

쫌 아픈데 중독성 있다

우리 학교 운동장에
전기가 숨어있다
우리 학교 전교생들은
그 작은 전기들을
좋아하는 듯

그림_ 최서우

즐거운 맨발 걷기

_3학년 2반 이해나

까끌까끌한 운동장 모래에
내 발을 살짝 디디면
따끔따끔 모래들이
내 발을 파고든다

아얏, 살짝 아프지만
아얏, 살짝 따갑지만
즐겁게 걷다 보면
어느새 폴짝폴짝 뛰고 있네

맨발걷기는
그냥 맨발걷기가 아닌
즐거운 맨발걷기

그림_ 장아연

맨발걷기

_3학년 2반 신승민

띵동!
학교엔 비도 안 오는데
천둥 소리가
쿵쾅 쿵쾅

3학년들이 신나서
와~

오늘도 어제도 내일도
맨발걷기
발이 따끔따끔 거려도
즐거운 맨발걷기

그림_ 이하은

맨발 걷기

_3학년 2반 김영은

발에 흙이 닿으면
따끔따끔한 발

비가 오고 나서
발에 흙이 닿으면
부드러운 발

햇빛이 쨍쨍할 때
발에 흙이 닿으면
뜨거운 발

맨발 걷기

_3학년 2반 김유준

첫 발이 닿는 순간!
가끔은 따갑기도
가끔은 부드럽기도
가끔은 질퍽하기도

눈이 와도 처벅처벅
바람이 불어도 처벅처벅

언제나 나에게 붙어있는
맨발걷기

맨발걷기

_3학년 2반 최진홍

오돌토돌 오돌토돌
오늘도 쉬는 시간 운동장은
재미있는 맨발걷기로 가득 차요

탁 탁 탁 탁
뛰어다니면 아프지만
재미있어요

하고 나면
발도 시원해지고
좋아요

그래서 나는 맨발걷기가 좋아요!

그림_ 황지원

맨발 걷기

_3학년 2반 임도현

맨발걷기를 하면
우리 운동장 모래에
가시가 있는 것 같다

아 따가! 아 따가!

하지만
그 가시를 밟으면
학교 때문에 받은 스트레스
학원 때문에 받은 스트레스
숙제 때문에 받은 스트레스

왜 다 날라갈까?

그림_ 이윤서

맨발 달리기

_3학년 3반 박시훈

1, 2, 3, 10... 20!
후... 후...
뛰고 뛰고 뛰고
개미도 뛰고
피카츄도 뛰고

10바퀴 10바퀴 20바퀴
뛰다가 뛰다가 10바퀴
뛰다가 뛰다가 20바퀴

모두가 함께 뛰는 세상
맨발로 뛰는 세상

그림_ 문세아

시원한 땅밭

_3학년 3반 이서연

맨발로 달리면
작고 촉촉한 풀잎이
내 발로 스며든다
촉촉한 흙이
내 발에 딱 붙는다
내 발이 굼질굼질

곱디 작은 고운 모래도
날 따라와 굼질굼질

내 발이 고운 모래로
조심히 스며든다

그림_ 설준

술래잡기

_3학년 3반 이선유

내 발자국을 찍고 나면
술래잡기를 한다
친구가 발을 넣어보면
딱 맞는 발자국이 내 발자국

물속에 있는 내 발자국아?
잘 숨어 있어
들키지 않게
비 내리는 날
발자국들의 술래잡기

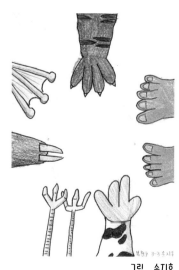

그림_ 송지후

맨발 걷기

_3학년 3반 박태연

어? 개미가 놀러 가네
다 같이 안녕

안녕 나무야?
나무는 잎을 흔들며 아침체조

어? 태양도 안녕
일찍 일어나서 우리를 반긴다
구름아 어디가?
구름이 놀러 간다

모두 모두 다 같이
우리는 친구야

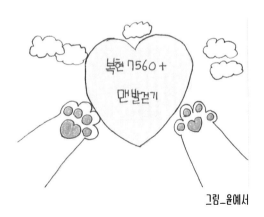

그림_윤예서

맨발 걷기

_3학년 3반 최시원

모래를 밟으면 보들보들
돌을 밟으면 아야!

그러다가 텃밭까지
가면

우리가 심은 무, 배추
우리가 좋아하는 맨드라미, 감나무

하늘에 무지개가 있는 것처럼
우리 텃밭도 무지개다

그림_ 하정훈

맨발 놀이

_3학년 3반 송지후

맨발로 걷는다
맨발걷기
맨발로 뛴다
맨발 달리기
맨발로 공을 찬다
맨발 축구
날마다 맨발로 채우는
우리 반 놀이시간

우리 반 모두 맨발
우리 학교 모두 다 맨발
참 재미있는 맨발 놀이

맨발 걷기

_3학년 3반 안채영

그냥 해도 재밌지만
친구들과 하면 더 재밌다

계속해도 맨날 해도
지겹지 않은 맨발걷기

다른 건 맨날 하면 지겨운데
맨발걷기는 마법처럼
계속해도 재미있다

맨발걷기

_3학년 3반 신형진

퍽퍽 좋은 느낌
푹푹 좋은 소리

걸으면 차분하고
뛰면 따끔하고
그늘에는 차갑고
햇빛은 뜨겁고

걷다 보면 나비 보고
걷다 보면 새도 보고

맨발걷기는 힐링

그림_ 김라원

_3학년 3반 전지혜

꽃아 안녕?
살랑살랑 나를 반기는 모습 칭찬해

발아 내 발아?
차가운데 버티는 모습
칭찬해

나는 할 수 없어
아니야 할 수 있어
내 발이 뭐든 해주니까
상쾌해

_3학년 3반 정찬영

모래는 오늘도 뛰어 달라하고
꽃들은 활짝 피어 인사하고
나무는 잎을 흔들며 반긴다

내 발도 뛰고 싶다고 한다

지렁이 산책

_3학년 4반 박시우

흐린 날
맨발걷기를 했다.
지렁이를 봤다.

지렁이가 꿈틀꿈틀
하늘은 흐릿흐릿
날 보며 비가 온다고 알린다.

지렁이 친구가
풀숲을 향해
지그재그 기어간다.

지렁이를 만지면
지렁이는 겁을 먹는다.

그림_ 최연아

맨발 걷기

_3학년 4반 변하윤

모래를 밟으니
- 앗! 차거

조금 걸으니
- 앗! 따거

해님을 본 모래를 밟으니
- 앗! 뜨거

맨발걷기를 하니
재미있다.

신나는 맨발 걷기

_3학년 4반 강가윤

까칠까칠
모래가 내 발로 온다.

보들보들
내 발을 보들하게 한다.

맨발걷기는 즐겁다.

비 온 날

_3학년 4반 이다윤

비가 주룩주룩
해님은 집에 간 날
선생님께서 말씀하셨다.
맨발걷기 하자!

맨발걷기 하다
친구들과
물웅덩이에서
풍덩!

그렇게 재미있게 놀면
한 친구가 말한다.
애들아, 선생님은?
아, 맞다!

우리는 선생님 곁으로
쪼르르 뛰어간다.

그림_ 김하윤

다같이 우르르

_3학년 4반 황수윤

'딩동댕동'
첫 번째 종이 울리자
친구들은 우르르

다른 반 친구들도
나도 같이 우르르

오늘도 즐거운
맨발걷기 시간

그림_ 김소현

맨발걷기

_3학년 4반 권나은

맨발걷기를 처음 한 날
한 발 한 발 걸어본다.

아야, 아야

발이 아프지만
스트레스가
'뻥'
저리로 가 버린다.

맨발걷기 최고!

그림_ 김가온

맨발 걷기

_3학년 4반 권다은

친구들과 나란히 맨발걷기
선생님, 언니, 오빠, 동생도
맨발걷기

비 오는 날에도
맨발걷기
지렁이도 나와서
꼬물꼬물

바람이 불어도 맨발걷기
모래바람도 휘휘
다 같이 맨발걷기

그림_ 박신성

뽀드득

_3학년 4반 구여민

뽀드득 개미와
함께 덩실덩실

친구와 손잡고
뽀드득 뽀드득

그림_ 신형진

그림_ 장민지

재미난 맨발걷기

_3학년 5반 사지윤

여름에 맨발걷기 하면
뜨끈뜨끈

겨울에 맨발걷기 하면
아이 차가워

뚝뚝 비가 내리면
우산 쓰고
물웅덩이에 첨벙

가끔 나무에 찔려
앗! 따가워

괜찮아 맨발걷기는
해도 해도
재미있으니까

그림_ 유아민

개미야, 내년 봄에 다시 만나자

_3학년 5반 정윤후

개미와 함께 운동장을 걷는다
뚜벅뚜벅
한 바퀴 두 바퀴 돌 때마다
개미 친구는 점점 모여든다

개미가 많아지면
개미들은 하하 호호
놀이터를 가도
개미들은 졸졸 따라온다

날이 추워지면서
개미들은 모두
집으로 돌아갔다

내년에 꼭 다시 만나자

그림_ 김보라

맨발 걷기 정말 좋아

_3학년 5반 하정훈

맨발걷기를 할 때
운동장을 성큼성큼 걸으면
느낌이 좋다

맨발걷기를 할 때
친구들과 쫑알쫑알 걸으면
기분이 좋다

그래서 나는
맨발걷기가 좋아
정말 좋아

좋은 점이 많은 맨발 걷기

_3학년 5반 황지원

여름에는 따끔따끔
겨울에는 시원한 맨발걷기

맨발걷기를 하다가
놀이터에서
친구들과 놀 때마다
웃음꽃이 활짝 핀다

모두 모두 반가워

_3학년 5반 김동현

개미야, 안녕
개미도
맨발걷기를 하나 보다

나비야, 안녕
이른 아침
날개 체조를 하나 보다

나무야, 안녕
살랑살랑 우리를 반긴다

맨발로 걸으며
모두 함께 나누는
정다운 인사

그림_ 김지윤

꽃이 피면 재미있어

_3학년 5반 전재범

뚜벅뚜벅 걷는 소리
폴짝폴짝 뛰는 소리
너도나도
신나는 맨발걷기

따끔따끔
아이고 내 발

푹푹 땅을 파고
슈웅 미끄럼틀 타면
어느새
온몸에 땀이 줄줄 흐른다

그림_ 임주원

매일해요 맨발걷기

_3학년 5반 정영훈

맨발걷기 할 때마다
심장이 쿵쾅쿵쾅

추운 날 더운 날도
맨발걷기를 한다

사그락사그락 소리가
내 귀에 쏙쏙

뛸 때는 폴짝폴짝
걸을 땐 성큼성큼

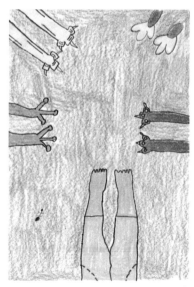

그림_ 이주형

맨발걷기 즐거움

_3학년 6반 민홍해

맨발걷기를 하면
우리는
활기가 생긴다.

교실에서
공부할 때보다
활기가 생긴다.

이때 들리는
선생님 말씀
이제 교실로 가자!

갑자기 힘이
내 려 간 다.

맨발걷기 발음

_3학년 6반 담승문

맨발걷기를 하면
개미들도
나를 따라옵니다.

뚜벅뚜벅 걸어가는 우리
뚜벅뚜벅 걸어가는 개미

모두 하하하 웃고

한 걸음 더
걸어갑니다.

친구와 함께

_3학년 6반 김도율

오늘도
맨발걷기를 합니다.

따끔따끔

그때
한 친구가
나에게 달려옵니다.

친구는
아프지도 않나 봅니다.

오늘도 친구랑
맨발걷기를 합니다.

그림_ 강루하

알록달록 맨발걷기

_3학년 6반 이윤지

알록달록 무지개색
맨발걷기 티셔츠

맨발걷기 횟수가
올라갈수록
기분도 UP
건강도 UP

내 마음도
알록달록 티셔츠처럼
아름다운 무지개로
변해간다.

그림_ 김나현

합창단

_3학년 6반 양시윤

친구와 맨발걷기를 한다
다다다다다다다다

그 모습을 보고
개미도 맨발걷기를 한다
다다다다다다다다

화단에 있는
방아깨비, 메뚜기, 사마귀도
다다다다다다다다

그러다 갑자기 멈춰서
함께 외친다

우리는 복현 맨발걷기 합창단!

그림_ 최시원

우리 학교

_3학년 6반 이규민

우리 학교는
맨발걷기 하는 학교

거칠거칠
발이 아프네.

그때
친구가 나옵니다.

친구들과 낄낄대며
함께 걸으면
아픔이 싹 사라집니다.

우리 학교는
맨발걷기 하는 학교

그림_ 박태연

민들레 상태

_3학년 6반 김제하

성큼성큼
걸어간다

시원한 바람이
싸악 불어와
맑아진 하늘 한 번 보고

놀이터에서
미끄럼틀 타는 상상도 하고

그러다가
다다다 달리기도
한 번 하고

그림_ 정유단

<4학년>

그림_ 정재헌

개미야

_4학년 1반 이차빈

개미야 개미야
여름이란다.
어서어서 나오렴!

개미야 개미야
겨울이란다.
어서어서 들어가렴!

어디든 흙이 있으면
집을 지어사는 개미야.

도시에 집을 짓지 마렴
밟힐 수 있으니

땅을 보면
항상 있는 개미야
자연을 지켜줘서 고마워!

맨발걷기를 하면

_4학년 1반 윤하영

맨발걷기를 하면
발이 따끔따끔
아~ 아프다.

맨발걷기를 하면
머리가 맑아진대!
공부도 잘할 수 있대!

우리 모두
맨발걷기를 하자.

맨발 걷기

_4학년 1반 김민정

맨발걷기를 하면
발이 건강해져요!
걷는 동안 운동도 돼요.
기린처럼 키도 커져요!

아픔과 편안함

_4학년 1반 한도현

뚜벅뚜벅
모래 위를 걷는 내 발

맨발걷기를 할 때
내 발이 느끼는 감정은 뭘까?

그냥 걸을 때는 편안함
가시를 밟았을 때는 아픔

여러 감정이 있지만
나는 맨발걷기가 좋은걸?

그래서 나는
맨발걷기를 멈추지 않아

봄의 거짓말

_4학년 1반 조민근

살랑살랑 따뜻따뜻
모든 사람이 좋아하는 봄
그런데 봄은 싫은가 보다.

어떨 땐 주룩주룩
비가 내리고

어떨 땐 오들오들
아이, 추워

어떨 땐 후끈후끈
아이, 더워

날씨가 왜 이렇게
왔다리 갔다리
도대체 왜 그러지?

돌고 또 돌고, 맨발걷기

_4학년 2반 신솔민

나도 드디어 1학년!
맨발걷기가 우리 학교 자랑 이래!
그게 뭘까?
일단 한 발짝 내디뎌 볼까?

돌멩이가……!
내 발바닥을 쿡쿡!
아악!
갈색 가시 때문에
내 발이 찌릿찌릿!

그러길 반복하며
돌고 돌고 돌고…….

하루……
이틀……
사흘……

돌멩이가 내 발을 찔러도
갈색 가시가 발바닥을 찔러도
전혀 아프지 않아!

성공한 것일까?
적응한 것일까?
생각하며
돌고 돌고 돌고…….

운동장에서의 보험

_4학년 2반 김지원

운동장의 흙을
발끝으로 만져보면
햇빛에 달구어진 흙이
정말로 뜨거워
나는 흙 위에서
통통 뛰었다.

놀이기구 있는 곳엔
아이들이 하하 웃으며
옹기종기 놀고 있어
나는 조심스럽게
살금살금 다가갔다.

아얏!
돌멩이와 자갈들이
내 발을 괴롭혀도
나는 꾹 참고
한발 두발 나아갔다.

"팡!"
내 안을 가득 채우고 있던
스트레스가
소리와 함께 사라졌다.

내 스트레스를 없애주는
맨발걷기는
지혜로운 의사 같구나.

슬기로운 맨발걷기 생활

_4학년 2반 황은서

우리 학교 학생들,
모두 모두
운동장으로 모여라!

실내화랑 양말 벗고
빨주노초파남보
무지갯빛 티셔츠 입으면
로봇처럼 출발 완료!

1학년 동생들도
6학년 언니, 오빠들도
다 같이 걸어요.

빨주노초파남보
무지개를 만들며 걸으면
내 마음도
무지개 빛으로
예쁘게 물들어요.

우리 모두 슬기로운
맨발걷기 함께 해요.

맨발걷기, 하나둘셋넷

_4학년 2반 송민서

빨강빨강 1학년 맨발걷기가 뭐지?
선생님을 따라 양말 벗고
바닥에 발을 내딛는 순간
내 발아래 고슴도치가
따끔따끔 맨발걷기 왜 하지?

주황주황 2학년 알록달록 무지개를 보며
언제 노랑이 될까?
언제 초록이 될까?
내 발아래 고슴도치는
아직도 따끔따끔

노랑노랑 3학년
내가 좋아하는 노랑
바닥에 발을 내딛는 순간마다
고슴도치는 사라지고
몸도 마음도 머리도
건강해지는 느낌

초록초록 4학년
맨발걷기 더 많이 해야지
4년 간의 보람이 초록빛 새싹처럼 쑥쑥

함께 땅을 밟으면

_4학년 2반 이승주

함께 모래 밟으면
건강이 내 몸속으로 들어온다.

함께 흙을 밟으면
맑은 마음이 내 가슴으로 들어온다.

함께 땅을 밟으면
자연이 발끝으로 느껴지는 기분이다.

맨발로 걸으면
내가 평온해진다.

그림_ 안효주

맨발걷기

_4학년 2반 권기덕

아프다.
그래도 재미있다.

맨발로 우다다다
달리기 하면
아프다.
그래도 느낌이 재미있다.

맨발로 빙글빙글
8자 놀이하면
아프다.
그래도 기분이 좋다.

맨발로 깡충깡충
놀이터에서 놀면
아프다.
그 아픔도 재미있다.

따끔따끔
까끌까끌
재미있는 맨발걷기

맨발걷기

_4학년 3반 김황음

맨발로 걸으면
기분이 좋아진다
살짝 따끔따끔
그래도
기분이 좋아진다

맨발걷기는
작은 나의 행복
해도 해도 질리지 않는
맨발걷기는 행복
해도 해도 행복

운동장의 돌

_4학년 3반 안정미

맨발걷기를 하러 갔다.
사람들이야!
괴롭히자!
발을 내딛는 순간!
까칠까칠, 따끔따끔, 성공이야!

우리 몰래 돌들은
우리 괴롭히려고
작전을 짜나 봐?

우리 좀 그만 괴롭혀!

맨발걷기

_4학년 3반 백민서

조심조심 걷는다.

아무것도 신지 않고 맨발로 살금살금 걸어도 아프다.

아플 때마다 건강해지는 것 같다.

어떤 친구는 달린다.

아주 부럽다.

나도 맘껏 달리고 싶다.

그렇지만 아프다.

어떻게라도 걸어본다.

이제 나도 달릴 수 있다.

조금이지만 전보다는 적응했다.

좀 있으면 나도

멋지게 달릴 수 있을 것이다.

조금씩 걷다 보면 나아지겠지.

맨발걷기 선생님

_4학년 3반 박정원

우리의 자랑 맨발걷기
건강에 도움 주는 맨발걷기
앗 따가!
발이 따갑다.
그러면 우리는 즐겁다.
우리의 행복 바이러스
맨발걷기
맨발걷기를 하면 상도 받는다.
우리의 기쁨 맨발걷기
1학기에 하기 싫다던 친구도
2학기가 되면
먼저 운동장에 가 있다.
하기 싫다고 하면서 끌리는 맨발걷기
우리를 책임지는 선생님이다.

맨발걷기

_4학년 3반 곽유찬

푸슥푸슥 발이 모래에 빠지고
따악따악 돌이 밟히고
쓰윽쓰윽 시원하기도 하고

하하호호!
친구들과 함께라서 더 좋다
맨발걷기 상을 받아 더 재밌다

그림_ 정윤지

맨발 걷기

_4학년 3반 박재휘

발마사지 뜨끔뜨끔 시원하다.

속까지 뻥 뚫리는 맨발걷기
할수록 기분이 좋아진다.

시원한 맨발걷기
뇌도 좋아진다.

항상 해도 질리지 않는
맨발걷기

오늘도 간다
맨발 걸으러

맨발 걷기

_4학년 3반 박준호

비가 오고 나면
촉촉하고 부드러운 느낌

평소에는
바스슥 바스슥 좋은 소리

발에 닿는 땅
선생님도 아이도 즐거운 운동장

다른 학교 아이들에게도
살짝 말해줘야지.

맨발걷기

_4학년 3반 김리혜

까치는 맨발걷기를 정말 좋아한다.
개나리도 진달래도
맨발걷기를 좋아한다.
비둘기는 맨발걷기를 아주 싫어한다.

"비둘기야,
넌 왜 맨발걷기를 싫어하니?"
"운동장이 더럽잖아요."
"아니야 비둘기야.
선생님들이 새똥을 주웠단다."
"정말요?
그럼 저도 맨발걷기 할래요!"

맨발걷기

_4학년 3반 박재희

큰 돌아 어디에 있니?

맨발로 가득한

운동장에 숨어있었구나?

아이들과 같이

잘 노는 모습이

참 아름답구나

작은 돌아 어디에 있니?

운동장에 모래와 같이 널려있구나?

네가 없었다면 아이들도 맨발을 하지 않았을 거야

큰 돌아, 작은 돌아

도와주어 참 고맙구나!

그림_ 이혜원

이상하다

_4학년 3반 박제인

나는 맨발걷기를 한다.
근데 이상하게도
운동장만 가면 뛰고 싶다.

난 자주 맨발걷기가 아닌
맨발 뛰기를 한다.
오늘은 참고 걸으면
내일은 더 뛰고 싶다.

아파도 힘들어도
맨발걷기를 하고 싶다.

맨발걷기

_4학년 3반 박수정

축구, 배구, 피구, 농구
생각, 생각, 생각을 한다.
아, 그래! 맨발걷기

따끔따끔 아프지만
따뜻따뜻 좋기도 하네
건강하고 재밌는 맨발걷기
체육시간보다 재밌어
체육시간보다 건강해져

웃으며 걷는 아이들

_4학년 3반 주아인

모래바닥을 뛰며 노는 아이.
강아지처럼 뛰며 노는 아이.

하하호호 웃으며
선생님과 함께 걷는 아이.
맨발걷기를 하면
행복해지는 아이들.

발이 따갑지만 노력하는 아이.
맨발걷기는 우리를 웃게 만든다.

맨발로 행복한 친구들.

맨발걷기

_4학년 4반 이예지

두근두근
맨발걷기 하는 날
신발을 벗고
조심스레 발을 내딛는다.

발밑으로 전해오는
따끔따끔함은
시간이 지나면
미소가 열리게 하고
내 맨발도 가벼워지게 한다.

그림_ 임수빈

맨발로 느끼기

_4학년 4반 박재현

따뜻한 날에는
부들부들한 모래도
따끔거리는 가시도
차가운 돌멩이도
울퉁불퉁한 자갈도 느낀다.

비 내리는 날은
첨벙첨벙거리며 물을 느끼고
비 온 다음 날은
촉촉한 흙을 느낀다.

맨발로 걷다 보면
모두 다 느낀다.

따끔한 즐거움

_4학년 4반 이인우

모래 위를 맨발로 걸으면
살짝 전해오는 따끔함
그래도 즐겁다.

모래 위를 신나게 달리면
크게 전해오는 건강!
나는 성장 중!

친구와 걷다 보면
우울함도 걱정도 사라지고
마음 마음들이
함께 자란다.

그림_ 김민서

술래잡기

_4학년 5반 장은영

우리 반은 쉬는 시간만 되면
우당탕탕 소리가 나요.

몇몇 애들이 밖에 나가요.
애들아 술래잡기할 사람
나 나
나 나

하하하, 호호호
히히히, 큭큭큭

아이들의 웃음소리는
나도 웃게 만들어요.

맨발 걷기

_4학년 5반 서수진

저벅버적, 터벅터벅
꺄르르 꺄르르
양말을 벗은 발로
모래 위에서 걷는다.

심심하면 걸으며 친구와
수다도 떨고,
미끄럼틀과 시소를 타며
놀이터에서도 논다.

난 그런 우리 학교가 좋다.

그림_ 서소희

맨발 걷기

_4학년 5반 나현서

쉬는 시간이 되면 아이들이
우르르 달려와 신발을 벗고
맨발걷기를 한다.

아이들의 웃는 소리
천둥번개보다
더 큰 소리가 나는 맨발걷기

놀이터에서도 맨발걷기
비가 와도 눈이 와도 맨발걷기

그림_ 김나현

맨발걷기

_4학년 5반 김채윤

토토토토 타닥!
쿵쿵.. 아이들이
운동장에 나가는 소리

사각사각
아이들이 모래를 밟는 소리

꺄르륵! 꺄르륵!
아이들이 웃는 소리

이 모든 것이 맨발걷기

맨발이

_4학년 6반 임수빈

처음엔 까칠이었던 너
하루, 이틀, 삼일째면
폭신폭신한 구름이 되고

한 바퀴, 두 바퀴, 세 바퀴
어느새 열 바퀴까지
조심히 걷던 내가

이젠 와 다다다!
달리기를 하지
맨발아! 넌 참 좋은 친구야!

맨발 걷기

_4학년 6반 이주현

실내화를 벗고
양말을 벗어서 운동장으로 간다

처음과는 다른 느낌
처음보다 좋은 느낌

뻥! 축구하는 소리
쨱, 쨱, 새 날아가는 소리
어느새 한 바퀴

친구가 있어도 좋고
혼자도 좋아
오늘도 타박타박
운동장을 돈다.

맨발걷기

_4학년 6반 서소희

처음은
아기처럼
아장아장

조금 해 봤으면
어린이처럼
뚜벅뚜벅

이제는
어른처럼
와다다다

맨발걷기
정말
재미있어!

아니 어디 게

_4학년 6반 정윤지

실내화랑 양말을 벗고
저 멀리 뛰어가 보자
우다다다
탁탁타닥타탁!

저 멀리 친구가 보이면
속도를 더 높여보자

야! 너 거기 서!!

맨발 걷기

_4학년 6반 조연우

오랜만에 맨발걷기
조심스럽게 한 발짝, 한 발짝
어?
이 느낌은 마치
폭신한 침대 위 같다.

이번에는
신나게 한 발짝, 한 발짝
어?
이 느낌은 마치
폭신한 구름 위 같다.

이제는
힘차게 한 발짝, 한 발짝
아야!
이 느낌은 마치
따끔한 가시밭 같다.

침대 위를 지나
구름 위도 건너
가시밭을 지나서
우리 반으로 왔다.

다음에는 어디로 갈까?

맨발걷기 살 미면

_4학년 6반 김예인

걷기도 하고
달리기도 하고
재미있는 맨발걷기

수업 시간 될라
조마조마 시계 보며
개미도 만지고
나무도 보고
매일 매일
친구와 함께
맨발걷기

맨발걷기

_4학년 6반 박연서

가끔은 따끔따끔
가끔은 찐득찐득
가끔은 보들보들

건강이 좋아지는 느낌

또 걷고 싶다.

맨발 걷기

_4학년 7반 서민수

2교시 쉬는 시간
아이들이 나온다.
맨발 하는 아이
가시가 발을 콕콕 운동화 신는 아이
와다다다

맨발 하는 아이는
발이 번개처럼 찌릿찌릿
운동화 신은 아이는
우사인 볼트처럼 달린다
둘 다 찌릿찌릿 번개 같다.

맨발 하는 아이
고슴도치와 발의 만남
운동화를 신으면 나와 우사인 볼트의 만남
고슴도치가 친구들 손에 올라가면
손이 찌릿찌릿
친구들이 고슴도치 같은
가시를 밟으면 발도 찌릿찌릿

10시 30분 놀이 시간 끝이 났다
친구들과 어깨동무하며 고슴도치와 작별인사
또 만나자. 고슴도치야.
또 만나자. 우사인 볼트.

맨발 걷기

_4학년 7반 이혜진

모래를 밟으니 까칠까칠
처음에는 발이 따끔따끔

친구와 맨발로 달렸다
친구보다 빠르게 달렸다

스트레스가 확 풀렸다
쉬는 시간, 남는 시간
틈만 나면 하고 싶다
죽기 전까지 하고 싶다.

맨발 걷기

_4학년 7반 신민규

하하호호 이야기하며
운동장 도는 맨발걷기

맨발걷기를 다하면
아이들은 전투기처럼 슝~하고
놀이터로 간다.

평균대에서 중심 잡는 아이.
철봉에서 장난치는 아이.
그냥 앉아서 이야기하는 아이.
봉 잡고 한 바퀴 도는 아이.
유격 훈련하는 아이.
정글짐 타는 아이.
조금 위험하게 구름사다리 타는 아이.
덜컹덜컹 시소 타는 아이.

하하호호 오늘도 즐거운 맨발걷기

그림_ 이승연

맨발의 아이들

_5학년 1반 이동유

맨발로 모래 위를
푹푹

맨발로 운동장을
따끔따끔

맨발로 스탠드를
오돌도돌

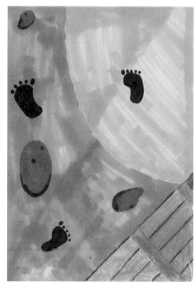

맨발로 보도블럭 위를
후다닥 후다닥

맨발의 아이들
학교 정복!

그림_ 노윤재

참 좋은 맨발걷기

_5학년 1반 채범태

우리 학교에
맨발걷기가 있다는 것이
참 좋네

따끔따끔
아프지만
건강해지는 느낌이
참 좋네

폭신폭신
비온 후
부드러운 흙에서 걷는 것이
참 좋네

첨벙첨벙
친구와 장난치며
걷는 것도
참 좋네

그런데......
맨발걷기하고
씻는 것이
귀찮네

공짜 약

_5학년 1반 박도현

우리 엄마는
발에 좋은 약을 산다.

하지만
나는 필요 없다.
나는 맨발걷기라는 공짜 약이 있다.

이 약을
모두 사용하면 좋겠다.

그림_ 이서현

적응

_5학년 1반 채범수

사람은 적응하는 동물
맨발걷기는 훈련
적응하게 만드는 훈련

1학년 땐 눈물 나게 아팠다.
2학년 땐 간질간질 아팠다.
4학년이 된 후,
적응을 했다.
걸어도 아프지 않다.
뛰어도 아프지 않다.
5학년인 지금,
우리 반 맨발걷기 2등
맨발걷기 적응완료!

그림_ 이지원

맨발걷기

_5학년 1반 원성하

보들보들
맨발로

자박자박
운동장 위를 걷는다.

빙~ 한 바퀴
빙~ 두 바퀴
빙~ 세 바퀴

따끔따끔
발은 아파도

자박자박
다 하고 나면 시원하다.

그림_ 김가은

맨발걷기는 쓰다

_5학년 2반 박채연

사르륵 사르륵
맨발걷기를 하면
사르륵 소리를 내며 반겨주는 모래

사르륵 사르륵
한 발 한 발 내딛을 때마다
내 건강을 찾아 흩어지는
모래

그림_ 하주희

맨발걷기

_5학년 2반 이주호

비 올 때면 뽀드득 뽀드득
가을 되면 바스락 바스락
햇빛 쨍쨍할 때면 파스슥 파스슥

다양한 운동장의 소리

그림_ 박나연

꼼지락

_5학년 2반 장은혜

모래 위 발가락이
꼼지락 꼼지락
기분이 좋아진다.

반으로 돌아오면
아까 그 꼼지락거리던
발가락이 그리워져
꼼지락거린다.

그림_ 이다연

맨발걷기

_5학년 3반 윤서희

터벅터벅 아침마다
들려오는 발자국 소리
하하호호 아침마다
들려오는 웃음소리
아침에 걸으면 안겨오는
시원한 바람

그림_ 배예슬

맨발걷기

_5학년 3반 김현태

맨발걷기 하려는데
비가 온다.

내 마음속에도 비가 온다.

비 온 다음날 아침
흙은 촉촉하고
군데군데 웅덩이는
내 마음속 구멍처럼 아프다.

착! 착! 착!
어?
생각과 달리
느낌이 좋았다.

나는 나도 모르게
어느새 한 바퀴를 다 돌았다.

종소리가 울려 퍼졌다.
어? 가야 되겠다.

야! 빨리 와!
친구가 소리쳤다.

놀라운 일이
일어난 하루

그림_ 김나윤

그림_ 장은혜

맨발걷기

_5학년 3반 김산

맨발로 걷는 것은
몇십 년 감옥에서 지내다
처음으로 밖에 나왔을 때의
그런 걸음일까

바스락, 바스락, 탁, 탁
나뭇잎 밟고
나뭇가지 밟고

이 좋은 느낌을
온전히 나 혼자 느낀다.

그림_ 서준혁

맨발걷기

_5학년 3반 김영은

맨발걷기를 하는 아이들의
즐거운 웃음소리가
교실 너머로 들려온다.

밖을 내려다보니
아이들이 뛰어다니며
웃는 모습이 보인다.

한참을 보다
나 역시 맨발걷기의
추억에 잠겨본다.

그림_ 김규리

오늘도 맨발로 걷는다

_5학년 4반 임소담

뜨거운 태양 아래
까슬까슬 모래 위에서
맨발로 모래 위를 걷는다.

발은 뜨끈뜨끈
몸에는 땀이 줄줄

그래도 걷는 게 재미있어
시간이 다 되도록 걷는다.

걸으면 걸을수록
내 몸이 건강해져
어느새 맨발걷기에 빠져버렸어.

나는 오늘도 맨발걷기를 한다.

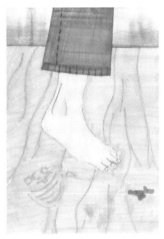

그림_장호연

맨발로 걸어요

_5학년 4반 박나연

햇볕 따뜻한 날에는
따뜻해진 흙 위에서 맨발로 걸어요.

비 내리는 날에는
촉촉해진 흙 위에서 맨발로 걸어요.

바람 부는 날에는
시원해진 흙 위에서 맨발로 걸어요.

추운 날에도
흙 위에서 맨발로 걸어요.

햇볕 내리쬐면 모자 쓰고,
비 오면 우산 쓰고
추우면 외투 입고
맨발로 걸어요.

그림_ 배서연

맨발걷기를 하는 이유

_5학년 4반 추연찬

맨발걷기를 한다.

돌 때문에 아파도
가시 때문에 찔려도
맨발걷기를 한다.

봄에는 따스하고
여름에는 덥고
가을은 쌀쌀하고
겨울은 추워도
맨발걷기를 한다.

그림_ 강민채

혼자 해도 즐겁고
둘이 해도 즐겁고
친구와 함께해도 즐겁고
선생님과 함께해도 즐겁다.

걸어도 즐겁고
달려도 즐겁고

모두 같이 맨발걷기를 한다.

점심시간이 되면

_5학년 4반 김규리

여름에는 햇빛이 쨍쨍
더운 맨발걷기
겨울에는 바람이 쌩쌩
추운 맨발걷기
돌과 나뭇가지 때문에
따끔따끔한 맨발걷기

그래도 신나는
점심시간 맨발걷기

덥고 추워도
발이 따끔해도
신나는 맨발걷기

철봉에 대롱대롱
구름사다리에 대롱대롱
시소를 타고 위아래로

그림_ 박준혁

맨발 놀이를 하면
재미있는 놀이가 같이 따라와요.

모래 친구

_5학년 4반 이혜원

맨발걷기를 하면
모래와 내가 친구가 된다.

처음에는 까칠하게 굴지만
만나면 만날수록
친해지는 친구처럼
점점 아픔이 사라진다.

이렇게
모래와 내가 친구가 된다.

까칠한 줄만 알았는데
어느새 다정한 친구가 되어
모래가 전해주는 선물

선물 상자 속에는
건강이 가득

그림_ 정다인

맨발걷기의 계절

_5학년 5반 박민아

파릇파릇 식물이 깨어나는 봄엔
팝콘같이 핀 벚꽃을 구경하며 하하호호

우슬우슬 비가 많이 오는 여름엔
진흙을 밟으며 푹신푹신

울긋불긋 단풍이 피는 가을엔
날아가는 잠자리를 향해 우다다다

펑펑 눈꽃이 내리는 겨울엔
두꺼운 패딩 입고 오들오들

하지만 친구들과 하는 맨발걷기는
어느 계절이든 어느 날씨든
발도 마음도 시원시원

그림_ 박채연

맨발걷기의 촉감

_5학년 5반 윤시현

하루하루 바뀌는 운동장 촉감
매일매일 새로운 촉감이
나를 기다린다.

어느 날 비가 오는 날이면
진흙이 질퍽질퍽
내 발을 놓아주지 않는다.

어느 날 햇빛이 눈부신 날이면
메마른 모래가
내 발을 감싼다.

오늘은 어떤 촉감이 나를 반겨줄까?

그림_ 배서영

까슬까슬 맨발걷기

_5학년 5반 이보영

친구들과 점심시간에 하는 맨발걷기

반짝반짝한 모래를
보며 걷는 맨발걷기

생글생글 웃음나는 학교를 보며
걷는 맨발걷기

친구들과 속닥속닥 하며 걷는 맨발걷기

내 발도 까슬까슬한 모래와
함께 웃는다.

그림_ 임소담

고맙다 맨발걷기

_5학년 5반 장유훈

맨발로 걷는 것이 처음에는 꺼렸지만 지금은 고맙다

운동장의 지렁이도 처음엔
징그러웠지만 지금은 고맙다.

운동장의 모래도 처음엔
따가웠지만 지금은 고맙다.

건강해서 고맙다
즐거워서 고맙다.

그림_ 박소윤

축축한 맨발걷기

_5학년 6반 김재준

주륵주륵 비가 오고
쌩쌩 바람 부는 날
아무도 맨발걷기를 하지 않는 날
나는 그게 좋다.

시원하고 한적한
조금은 축축한 맨발걷기
발끝마다 닿는
시원한 흙이 좋다.

그림_ 박소연

달콤한 맨발걷기

_5학년 6반 장도희

맨발걷기를 하면
흙이 솜사탕같이 푹신푹신하다.

맨발걷기를 하면
친구들과 사이가 솜사탕같이
달콤해진다.

맨발걷기를 하면
나의 걱정과 고민이
솜사탕같이 사라진다.

솜사탕이 질리지 않는 것처럼
맨발걷기도 질리지 않는다.

그림_ 윤시현

겨울 맨발걷기

_5학년 6반 송영아

차가운 겨울
맨발걷기를 한다.

따뜻한 햇빛이 들어오는 곳은
저벅저벅 느긋느긋
여유롭게 걸어다니고

어두운 그늘이 들어오는 곳은
폴짝폴짝 동동
너무 차가워서 뛰어다닌다.

그러다가
따뜻한 햇빛으로 들어가면
다시 발이 따뜻해진다.

그림_ 전민정

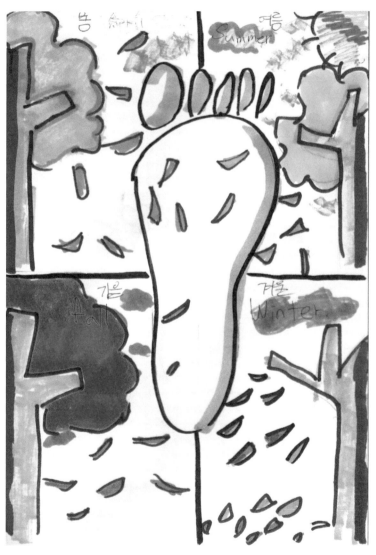

그림_ 김수진

가을걷기

_6학년 1반 권아인

가을이 되면
언제 더웠냐는 듯이
시원한 바람 불어오고

가을이 되면
붉게 염색한 단풍잎들이
바람결에 날리고

가을이 되면
길가에 카펫처럼 깔려있는
단풍잎들을 밟으며
내가 걸어가던 그 길들을
색다른 마음으로 걸어갈 거야

맨발로 모래를 밟고 싶어요

_6학년 1반 전다현

툭툭
가을을 핑계 삼아
바닥으로 떨어지는
단풍들

스르륵 스르륵
비를 핑계 삼아
지상으로 나온
지렁이들

왔다리 갔다리
일을 핑계 삼아
매일 운동장을 걷는
개미들

가을을 맞아
비를 맞으며
운동장에 온 우리도
한마음으로 대답한다
"맨발로 모래를 밟고 싶어요!"

맨발걷기

_6학년 1반 조희윤

사그락사그락 모래알 밟는 소리
'아!' 따가워서 밑을 보니 돌을 밟았다

사부작사부작 나뭇잎 밟는 소리
살랑살랑 부는 바람을 따라 걷는다

시원하게 씻어내고 나면
반짝반짝 빛나는 발바닥

그림_ 전윤후

모래 밟는 소리

_6학년 1반 서효주

설레는 마음으로
아침 일찍 운동장에 가면
차가워진 모래가 나를 반긴다

느릿느릿 걸어도
빠르게 휙 걸어도
사각사각 좋은 소리가 나를 반긴다

사각사각 모래 밟는 소리 듣다 보면
벌써 반으로 올라갈 시간

내일도 모래 밟는 소리를 들으며 시간여행해야지

맨발걷기

_6학년 2반 문연우

맨발걷기를 하니
기분이 좋아졌다

내발에 부드러운 모래가 닿으니
몽실 몽실
푹신 푹신

모래 위를 걸으면
구름 위에 떠다니는 것처럼
몽실 몽실
푹신 푹신

내 마음도 좋아진다.

가을 맨발걷기

_6학년 2반 임은상

아이들이 맨발로 걸으면
싱글싱글
선생님들은 맨발로 걸으면
하하호호
모두가 맨발걷기를 하면
싱글벙글
우리 모두 맨발걷기 하자

맨발걷기

_6학년 3반 서지민

햇빛이 쨍한 날에는
따끈따끈한 모래 위에서

비 온 뒤 흐린 날에는
첨벙첨벙한 흙탕물도
밟으며

포슬포슬 발가락 사이로
파고드는 모래알

나는 맨발걷기가 재미있더라

신기한 맨발걷기

_6학년 3반 석채은

맨발걷기를 하면
시간이 정말 빨리 간다.
친구들과 대화를 하며 걸으니
운동장 2바퀴가 금방 간다.

그래서
한 바퀴 더 돌려고 하니
또 금방 돈다.

정말 신기하다

우리 학교 운동장이
더 넓으면 좋겠다.

맨발걷기

_6학년 3반 박정인

맨발걷기, 바스락 바스락
모래 밟는 소리
맨발걷기, 하하 호호
즐거운 웃음 소리
맨발걷기, 횡횡 싱싱
바람이 우릴 빈거주는 소리
맨발걷기, 걸으면 걸을수록
점점 더 좋아진다.

즐거운 맨발걷기

_6학년 3반 방가윤

처음엔 발이 아파도
하면 할수록 재미있는
맨발걷기

누구든지 즐기는
맨발걷기

할수록 건강해지는
맨발걷기

남녀노소 누구나 할 수 있는
맨발걷기

맨발걷기 최고

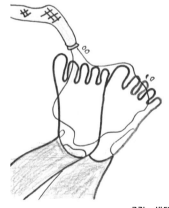

그림_ 박태연

기분이 좋아진다

_6학년 3반 양다원

발이 아프더라도
점점 하다 보면 기분이 좋아진다.

친구들과 함께하는 맨발걷기는
도란도란 나누는 이야기로
기분이 좋아진다.

가을에 하는 맨발걷기는
"바스락 바스락"
낙엽 밟는 소리로
기분이 좋아지게 한다.

나는야 모래!

_6학년 3반 김동호

나는야 모래!
나는야 아이들에게 행복을 주는 모래!
나는야 아이들에게 건강을 주는 모래!

아이들은 즐겁게 맨발걷기를 하고
나는 그런 모습을 보며 웃지요.

맨발걷기

_6학년 3반 원강현

아침에 맨발걷기를 한다.
신발과 양말을 벗어던지고 운동장에 간다.
그 순간 "아얏"
발이 지압이 돼서 점점 잠이 없어진다.
한 걸음, 두 걸음, 세 걸음씩
갈 때마다 잠이 점점 없어진다.
마치 세수하듯이 잠이 깬다.
한 바퀴를 다 돌면 잠이 없어진다.

맨발걷기

_6학년 3반 장서영

발 밑에선 돌과 모래들이 춤을 추고
바람 때문에 머리카락이 흔들리면 계절이 바뀌어
온도가 달라지는 바람이 느껴지고
귓가에선 아이들의 하하호호 웃음소리가 들려오고
숨을 들이마시면 바람 냄새가 올라온다
맨발걷기 너 참 재밌구나!

맨발로 친구할래요

_6학년 3반 박선우

발가락 사이사이로
모래가 들어오는 느낌을 나누어요
걷다 보면 이런저런 생각이 들어요
기차처럼 칙칙폭폭 걸어도 봐요
게임보다 더 재미있어요
군것질을 뭘 할까 이야기도 해요
친구와 더 가까워져요

우리 같이 맨발걷기 하는 거 어때요?
맨발로 더 친한 친구 되지 않을래요?

재미난 맨발걷기

_6학년 4반 김민성

하하호호 아이들이
운동장에서 맨발로 걷고 있다.

살랑살랑 불어오는 가을바람이
아이들의 발가락 사이사이를
지나간다.

맨발로 걷는 아이들은
한 바퀴, 두 바퀴, 세 바퀴
걷고 있다.

발가락 사이사이
모래를 털기 위해
물로 발가락을 씻으면
가을바람이 말려준다.

맨발걷기

_6학년 4반 김창엽

맨발걷기는 우리학교의
특징 중 하나이다.

맨발걷기를 하면
몸이 건강해지고
머리도 잘 굴러간다.

맨발걷기를 하며
친구들과 이야기를 하면
모래가 발을 누르는 고통이
금세 사라진다.

우리학교의 자랑
즐거운 맨발걷기

그림_ 손예빈

맨발걷기

우리 학교 운동장의 깔려 있는

모래 위에 있는 맨발

맨발로 그 모래를 밟으면

나는 소리들

사악~ 사악~ 스으~ 스으~

그 모래를 밟은 나의 소리들

으악! 우와~ 씁~

너무 아파서 감탄사가 나올 정도이다.

하지만 비가 왔을 때의

다른 모래 소리들

수욱~ 수욱~ 푸욱~ 푸욱~

그 모래를 밝은 나의 소리들

오~ 우와~ 이야~

그 모래를 밟으면 기분이 좋아서

감탄이 나올 정도이다.

계절 맨발걷기

계절 맨발걷기
봄에는
녹색잎이 풍성한 나무와
꽃들과 함께
맨발걷기

여름에는
뜨거운 햇살과 함께
맨발걷기

가을에는
붉은 잎이 풍성한 나무와
"바스락 바스락"
많은 잎들과
맨발걷기

겨울에는 새하얀 눈들과
"뽀드득 뽀드득"
맨발걷기

계절은 항상 바뀌는데 맨발걷기는 변하지 않구나.

맨발걷기의 효과

_6학년 4반 윤재성

맨발걷기는 친구들과 하면
정말 즐겁다.

맨발걷기를 하면
건강해지는 기분이 들고
스트레스가 풀린다.

또, 맨발걷기를 하면서
친구들과 이야기를 한다면
친구 사이의 우정도
채울 수 있다.

이만큼
맨발걷기의 효과는
엄청난 것 같다.

그림_ 이민혜

맨발걷기의 종류

_6학년 4반 천수민

여름에 쨍쨍한 날리면
불처럼 활활 타오르는 것 같아서
뜨겁다.

가을은 살랑살랑
바람이 살랑살랑 불어와
약간 춥다.

겨울은 얼음장에 온 것처럼
꽁꽁 얼어버린 것 같아서
발이 많이 차갑다.

맨발걷기에는 이렇게
많은 종류들이 있다.

즐거운 맨발걷기

_6학년 5반 이민혜

아침 햇살이 반짝반짝
친구들과의 맨발걷기 시간
모래가 따끔따끔
마음은 싱글벙글

비가 우두두 내리는 날
친구들과의 맨발걷기 시간
물 웅덩이에 첨벙
진흙은 철벅 철벅
그래도 마음만은 싱글벙글

하루 하루 즐거운 맨발걷기

그림_ 황수현

생각에 잠기는 이유

_6학년 5반 박태연

뽀드득 뽀드득
매일 1교시마다 맨발로 걸으면
그날은 상쾌하다.

뽀드득 뽀드득
날씨가 좋은 날 걸으면
내 마음속 날씨도 좋아진다.

발가락 사이사이 들어오는
모래를 느끼면

개미가
발등을 따라오는 것을 느끼면

난 생각에 잠긴다.

맨발걷기

_6학년 5반 장민슬

이른 아침부터
운동장에서 장사를 하듯
학생들이 모여 시끌벅적한다.

그 사이에 나도 끼어서
운동장을 걷는다.

"아야"
처음 하는 맨발걷기
정말 아프다.
돌 위를 걷는 듯한 느낌이 든다.

그래도 맨발걷기를 하면
시원한 바람 느끼고
친구들과 얘기도 하며
신이 난 나는 달린다.

날씨에 따라 달라

_6학년 5반 조하음

오늘도 맨발걷기를 하러 나간다.
신발을 차근차근 세우고 하러 간다.

한발 모래 위에 내딛는 순간
아! 차가워
여름에 한발 내딛을 때는
으! 뜨거워

날씨에 따라 느낌도 다른 맨발걷기
오늘은 어떤 느낌일까?
오늘은 차가울까? 뜨거울까?

바가 온 다음 날은 진흙 느낌
절벅 절벅
날씨에 따라 느낌도 다른 맨발걷기
나는 맨발걷기가 좋다.

맨발걷기와 함께

_6학년 5반 전윤후

아침마다 나가는 즐거운 맨발걷기
태양과 함께하는 즐거운 맨발걷기
산뜻한 바람과 함께하는 즐거운 맨발걷기

솜사탕처럼 포근했던 맨발걷기
태양처럼 따스했던 맨발걷기
바람처럼 시원했던 맨발걷기

너도나도 즐겁게 호호
우리 모두 다같이 하하

그림_ 조하음

맨발걷기 소리

_6학년 5반 이소연

사각사각
맑은 날에
맨발걷기하는 소리

물컹물컹
촉촉촉촉
비가 왔을 때
맨발걷기하는 소리

뽀드득 뽀드득
비가오고 땅이 말랐을 때
맨발걷기 하는 소리

여러 가지 소리가 담겨져 있는
맨발걷기

스트레스 해소 기계

_6학년 5반 김채빈

따끔따끔한 모래
그 모래를 밟다 보면
내 발도 따끔따끔

비가 오면 질퍽질퍽한 진흙
그 진흙을 밟다 보면
내 발도 찐득찐득

"아! 이제 씻어야지!"

따끔따끔한 모래도
질퍽질퍽한 진흙도
내 몸에 덕지덕지 붙어 있던
까만 스트레스도
싸악 사라진다.

맨발걷기하자

_6학년 5반 이지현

맨발걷기 하자

비 오는 날 맨발걷기를 하면
비에 젖은 땅이 나를 반겨주고

날씨 좋은 날 맨발걷기를 하면
따뜻한 모래가 나를 반겨주고

비 온 다음 날 맨발걷기를 하면
딱딱하게 굳은 땅이 나를 반겨주지

우리 같이 맨발걷기 하자!

개미야 맨발걷기 하자

_6학년 5반 한채이

비 오는 날
비 냄새와 함께
빗소리와
맨발걷기 할래?

화창한 날
따스한 햇살과 함께
따끔따끔 모래와
맨발걷기 할래?

비 오는 날 걸어도
화창한 날 걸어도
언제나 좋아

개미야
맨발걷기 하자

그림_ 남민혁

맨발걷기

_6학년 5반 김수진

살랑살랑 나무가 흔들려
내 마음이 간질간질 거린다.

비가 오면 촉촉 해지는 흙 위를 걸으면
내 몸과 마음이 촉촉해진다.

참새들이 옹기종기 모여 떠드는 것처럼
우리 반 친구들도 함께 모여
시끄럽게 떠든다.

팽이가 빙빙 도는 것처럼
우리도 빙빙 돈다.

운동장 옆에 있는 나무와 풀들이
비에 젖을 때면
향기로운 나무와 풀들의 냄새가
솔솔 날아온다.

맨발걷기하자!

_6학년 5반 남민혁

맨발걷기,
부드러우면서 까칠까칠한
감촉의 맨발걷기.

따뜻한 햇볕 아래 친구들과
도란도란 수다 떨며 걷는 맨발걷기.

수다를 떨며 걷다 보면 몇 바퀴가
순식간에 지나간다.

타박타박 모래 위를 걷다 보면
마음이 편안해진다.

친구야,
같이 맨발걷기 하자.

맨발

_6학년 6반 김기범

나는 모래를 싫어해서
투덜투덜
신발은 신고 싶어서 또
투덜투덜

하지만 또 걷다 보니
나도 모르게 피식
겉은 싫어도 속으로는
함박웃음.....

이제는 모래 알갱이 1개가
소중해지는 "그 시간" 바로
맨발걷기 시간!

맨발걷기

_6학년 6반 김태양

얘들아 뛰지 마라
돌에 다칠라

뛰는 아이들 걷는 아이들
재잘거리며 수다를 떠는 아이들
수업 빼먹을 수 있어 좋아하는 아이들
어깨동무를 하는 아이들
여러 가지 아이들
저 하늘에서 바라본다면
아주 작고 바글바글한
개미처럼 보이겠지
개미들이 걷는다
이야기하며 걷는다
우리 함께 모두의 이야기를
다 털어보자

맨발걷기

_6학년 6반 장형근

신발 신고 하고 싶어도
선생님이 맨발걷기 하래

언제는 몰래
신발을 신고 걸었어
다행히 안 걸렸지만
신발 신고 걸은 게 마음에 걸려

한 번은 맨발걷기를 했는데
의외로 모래가 부드러웠어
한 걸음 한 걸음
걸을 때마다 조금 따가웠지만 부드러웠어

이제 신발 벗고 맨발걷기 해야지

맨발걷기

_6학년 6반 윤서현

한 걸음, 두 걸음
맨발걷기를 할수록
고민이 없어지고

한 걸음, 두 걸음
맨발걷기를 할수록
걱정이 없어지고

한 걸음, 두 걸음
걸을수록
기분 좋아지는 맨발걷기

그림_ 박수빈

웃는 시간

_6학년 6반 정온유

친구들과 하하호호
즐겁게 웃는 시간
아침에 있었던 일
어제 있었던 일
배가 아플 만큼 웃긴 일
친구랑 싸웠다는 슬픈 일
오늘도 친구들과 하하호호
맨발걷기를 한다.

맨발걷기

_6학년 6반 윤서진

맨발걷기를 할 때에는,
"따끔따끔"

날씨가 화창 할 때에는,
"까끌까끌"

비 오는 날일 때에는,
"폭신 폭신"

나앙한 느낌 소유자,
"맨발걷기"

운동장과 함께하는 맨발걷기

_6학년 6반 김진선

여름에는 그렇게 하기 싫었는데
지금은 왜 이렇게 하고 싶을까?
11월이 되니 지금은 너무 그립다.

나의 마음은 당장이라도 뛰쳐나가
알록달록하게 피고 있는 단풍잎을 보며
즐겁게 맨발걷기를 하고 싶다.

나 홀로 걷는 운동장 그리고 그 옆에 지나가는 시원한 바람,
그리고 따뜻한 햇빛

나는 그날이 그리워

아무도 없는 운동장을 바라만 본다.

사계절 흙

_6학년 6반 배동윤

봄에는 따뜻한 흙
기분이 좋다

여름에는 뜨거운 흙
동동 뛴다

가을에는 시원한 흙
하기 제일 좋은 계절

겨울에는 차가운 흙
발이 언다

이 촉감이 맨발걷기

그림_ 김채빈